MANOIR DE MADELEINE PALAUD

LIVRE JEUNESSE

DE 6 ANS A 17 ANS

MANOIR DE MADELEINE PALAUD

chapitre 1 plouff

GHROUM

BONNE Vacances les équipes

KART

P TIT ANGE NOIR

LES 4 JUMEAUX MALÉFIQUES

LES 5 RAPIDOS

LES 6 DIABLOTIN

LES JUMEAUX ANGE NOIR

LES 5 DÉTACHE

LES 5 BEAUX GOSSES

LES JUMEAUX ENCRE NOIR

LES P TIT DIABLES NUMERO 1 ET 3

CHAPITRE 2 positive

BON les équipes

KART

P TIT ANGE NOIR

LES 4 JUMEAUX MALÉFIQUES

LES 5 RAPIDOS

LES 6 DIABLOTIN

LES JUMEAUX ANGE NOIR

LES 5 DÉTACHE

LES 5 BEAUX GOSSES

LES JUMEAUX ENCRE NOIR

LES P TIT DIABLES NUMERO 1 ET 3

J ai 1 excellent nouvelles

le chiffres d'affaires des

société PALAUD a bondi

donc ils ya plus du tous de

déficitaire et aucun

crédit en attend de

remboursement donc

les sociétés sont enfin

libéré des emmerde pas

contre vous avez le droits

d'avoires des vacance

en janvier.

CHAPITRE 3 PLAGE DU FOZO

GHROUM

OUFF

on va enfin pouvoir aller

dormir chez MADELEINE PALAUD

pas contre ils faut espère

que ces p'tit enfants coté

de son numéro 1 ne

vienne pas ils sont

tellement sympa eux

ça va c'est leurs

 parent les point noir

ils sont tellement cons

et ils ont tellement fait

de mal à MADELEINE PALAUD

allez les gars le 1 a

l'eau a le droits de joué

au borne d'arcade en

plus ils faut en profiter

pas oui ce soir normalement

STOP les équipes

KART

P TIT ANGE NOIR

LES 4 JUMEAUX MALÉFIQUES

LES 5 RAPIDOS

LES 6 DIABLOTIN

LES JUMEAUX ANGE NOIR

LES 5 DÉTACHE

LES 5 BEAUX GOSSES

LES JUMEAUX ENCRE NOIR

LES P TIT DIABLES NUMERO 1 ET 3

changement de programme

 ce soir c'est numéro 4 et

kerivien QUI vous garde

et oui mamie PALLAUD et

 a la réunion avec ces

p'tit enfants ceux de

numéro 4 et keriven.

CHAPITRE 4 JEUX vidéo SUR BORNE D'arcade

bon les équipes ils ya 4 borne

d'arcade disponible et pas mal

de jeux de sociétés donc on

vous fait confiance vous

Ne cassez rien. allée les équipes.

KART

P TIT ANGE NOIR

LES 4 JUMEAUX MALÉFIQUES

LES 5 RAPIDOS

LES 6 DIABLOTIN

LES JUMEAUX ANGE NOIR

LES 5 DÉTACHE

LES 5 BEAUX GOSSES

LES JUMEAUX ENCRE NOIR

LES P TIT DIABLES NUMERO 1 ET 3

on vous laisse dans la maison de

derrière par contre on vous prévient

tous le matérielle et neuf et

non d'occasion donc faites attention.

CHAPITRE 5   JOURNÉE sur la plage

ALLÉE les équipes vous avez

passée plus de 4 jours sur

les borne d'arcades dont

vous pouvez enfin sortie

de la maison de derrière

allée direction la plage.

MA chérie je ne pense pas

que leurs parents soient d'accord.

MON AMOUR pour 1

fois qu'on nous laisse

plus de 5 équipes autant

en profité et puis de toutes façons

ALLÉE les équipes

 KART

P TIT ANGE NOIR

LES 4 JUMEAUX MALÉFIQUES

LES 5 RAPIDOS

LES 6 DIABLOTIN

LES JUMEAUX ANGE NOIR

LES 5 DÉTACHE

LES 5 BEAUX GOSSES

LES JUMEAUX ENCRE NOIR

LES P TIT DIABLES NUMERO 1 ET 3

Foncez à la plage pour votre

Dernière journée.DE CP.

CHAPITRE 6 PLAGE DE PORT MARIA

GHROUM

Allée p'tit numéro 9 et
p'tit diable numéro 2 vous
resté sur la plage de
port maria on vient vous
récupéré dans 3h pas
de folie et de bêtise.OUI GRAND-FRèRE

on fait quoi alor.TIEN
les sceaux et les pelle pas

contre on évite de se mettre
tu sable sur la tête c'est chiant

a enlevé.NOS 2 grand-frère
sont pénible en ce moment
ils ne nous laisse aucune intimidé
ils sont toujours derrière nous.
OUFF pour l'instant ils sont
pas la en tous cas la semaines

prochaine ça va être chiant
ils sont à Paris pour 2 semaines.
ET en plus les parents
sont avec eux dont ils nous
déposé chez mamie LE RET
en tous cas c'est pénible
de vivre a la campagne
on n'est pas loin des parents.
DIT p'tit diable numéro 2
ta pas trouvé que nos
2 grand-frère on 1 comportement
bizarre en ce moment ils
arrette pas de mettre nos
seringues et nos médicalement
dans des endroits particulier
en tous cas ils sont assez agaçants.

CHAPITRE 7 CHEZ MAMIE LE RET

GHROUM

ALOR les p'tit numéro 9 et p'tit
diable numéro 2 en tous
cas vous avez hâte d'aller
avec nous en mer on
part demain pour 2 semaines
rassurez-vous on reste
autour du territoire français
et en plus vous ne travaillerais

pas a l'auberge et les
jumeaux DIALETE seront avec
nous pour les 2 semaines
et oui on a enfin réussir
a les avoir pour 2 semaines
et en plus ils peuvent travailler
en télé-travaille et
donc vous allez pouvoir
passée 2 semaines en intégralité.
MERCIE mamie dit comment
tu fait pour avoir des résultat
papy PALAUD a beaucoup
de mal avoir des résultat avec
tonton BASTIEN PALAUD
et tonton Sébastien PALAUD.
DIT-ton les p'tit diable numéro 2
et p'tit numéro 9 allée
on iva et oui ce soir vous
dormez sur le bateau
et oui on va vivre enfin
sur le bateau pour 2 semaines d'affilée.

(2 JOURS PLUS TARD)

ALLEZ les gars debout les gro
dormeur en tous cas vous
avez toujour autant de mal à
vous lever le matin coup
de chance que vous soyés

super long à vous lever
la piscine et prête pas
contre on vous prévient
il fait 5 degrés dehors
o moin vous étre prévenue
allez vous amuser.

CHAPITRE 8   EN PLEINE MER

WOUAH ils fait super beaux c'est
dommage qu'on doit rester
dans la piscine en tous cas
on est ravis d'être avec
les grand-parents PALAUD
et LE RET dite les p'tit diable

numéro 2 et p'tit numéro 9
vous faites quoi cet après-midi.
LES garçons cette après-midi
vous avez 1 vision avec
vaux parents et oui ils veule
vous parlé ils sont des
bonne nouvelles a vous
annoncé pas contre vous
allée être pas très content
concernant vaux vacance

de juillet et août septembre
et oui encore des changements à prévoir.

CHAPITRE 9 retour sur terre

ALLEZ les garçons on arrive sur
la terre ferme dans moin
de 4h et en plus on va directement
a l'auberge et oui ont et
attendu pour le service
et les préparation des
chambres et des salle
de détente.ON va s'amuser
on va devoir tous nettoyés
les borgne et les mini-borne
 le plus difficile à nettoyer.
A voila tonton BASTIEN PALAUD

et père SÉBASTIEN PALAUD
on va en faire des dossiers
et pas mal de nettoyage
en tous cas on va s'amuser.
HELLO PÈRE MAMAN Alor
les p'tit diables et p'tit numéro 9
comment ça va aller
les jumeaux DIALETE je
vient vous récupérer tous
les 2.PÈRE on aurait
pu rentrer a pied tu abuse
franchement père on sait
il est 15h30 franchement la.

STOP les jumeaux DIALETE

je vous l'ai déjà expliqué
plus de 150 fois je ne vous
laisse pas sortie dehors
entre 18h et 22h vous savez que vous
avez le choix dans les auberge et hotel des équipes.

ANGEVIN

LES 2 JUMEAUX BOSSEUX

ou si vous souhaitez être

totalement tranquille dans
votre coin ils reste les pièces aseptique à la

CLINIQUE JEANNETTE LE RET

je vous laisse votre moment

ou ils faut que vous soyés tous
seuil sans problème pas contre
insisté pas trop non plus
et oui je vous connais à force.

CHAPITRE 10 ARRIVÉE CHEZ MAMIE PALAUD

GHROUM

Bonjour mes loulous et oui aujourd'hui
vous avez 2 grand-mère pour la semaine.

OUI mes chouchou mamie PALAUD
et mamie FUSION pour la

méme semaines et oui j'avais des
douleur au niveaux du dos

dont je suis venue ici pour essayer
les matela de MADELEINE PALAUD

et effectivement j'ai plus mal au
dos donc je peu enfin passée
tu temps positive et passée

 pas mal de temps avec vous

composition de couverture COUDRIN

DÉPÔT LÉGAL   15 JANVIER 2023

ISBN 978 2 49 4 45 1 74 2